The Twins and the Time Machine

Los mellizos y la máquina del tiempo

Stephen Rabley

Pictures by Élisabeth Eudes-Pascal

Spanish by Rosa María Martín

Tom y Sofía van de vacaciones. Son mellizos.

Cada verano visitan a sus abuelos.

En el coche, Sofía lee un libro.

"¿De qué trata tu libro?" pregunta mamá.

"Trata del antiguo Egipto", dice Sofía.

A Sofía le gusta la historia. Su libro tiene muchos dibujos.

Tom mira la carretera. Piensa en la comida.

"¿Estamos cerca, papá?" pregunta. "Tengo hambre."

Papá sonríe. "Siempre tienes hambre. Ya estamos cerca."

Tom and Sophie are going on vacation. They are twins.
Every summer they visit their grandparents.
In the car, Sophie is reading a book.
"What's your book about?" asks Mom.
"It's about ancient Egypt," says Sophie.
Sophie loves history. Her book has lots of pictures.
Tom is looking at the road. He's thinking about lunch.
"Are we nearly there, Dad?" he asks. "I'm hungry."
Dad smiles. "You're always hungry. We're nearly there."

El abuelito es inventor. Después de comer pregunta
a los mellizos: "¿Quieren ver mi nueva máquina?"
"¡Oh, sí, por favor!"
"¿Qué es?" pregunta Sofía. "Parece un reloj grande."
"Sí", dice el abuelito. "¡Pero en realidad es una máquina
del tiempo! Puede ir a diferentes países y años.
No está terminada aún, pero –"
"¡Enrique! ¡Teléfono!" grita la abuelita.
El abuelito deja el reloj. "¡Ya voy!"

4

Grandpa is an inventor. After lunch, he asks
the twins, "Do you want to see my new machine?"
"Oh, yes, please!"
"What is it?" asks Sophie. "It looks like a big watch."
"Yes," says Grandpa. "But it's really a time machine!
It can go to different countries and years.
It's not finished yet, but –"
"Henry! Telephone!" shouts Grandma.
Grandpa puts down the watch. "OK, I'm coming."

5

Tom mira el reloj. "¡Es fantástico!"

"¿Puede ir a Egipto?" pregunta Sofía.

Tom coge el reloj. "¡Sí! Si hago esto..."

"¡Ten cuidado!" dice Sofía.

"Está bien, no voy a apretar el botón de *Arranque*."

Pero hay aceite en el suelo, ¡y Tom se resbala!

"*¡Aaaaay!*" Agarra el brazo de Sofía.

Hay un gran relámpago de luz azul, y...

Tom looks at the watch. "This is amazing!"

"Can it go to Egypt?" asks Sophie.

Tom picks up the watch. "Yes! If I do this..."

"Be careful!" says Sophie.

"OK, I'm not going to press the *Go* button."

But there is oil on the floor, and he slips!

"*Whoaah!*" He grabs Sophie's arm.

There's a big blue flash of light, and...

Tom mira alrededor. "¿Dónde estamos?" pregunta.

Todo está en silencio. Los mellizos están en una colina.

"Tom", dice Sofía despacio. "Este lugar está en mi libro.

Está en Egipto. ¡Se llama El Valle de los Reyes!"

Tom mira el reloj del tiempo del abuelito.

"¡… y estamos en el pasado, hace 3.350 años!" grita.

Los mellizos quieren descubrir más cosas.

Bajan corriendo la colina hasta la cueva más cercana.

Tom looks around. "Where are we?" he asks.
It is very quiet. The twins are standing on a hill.
"Tom," says Sophie slowly. "This place is in my book.
It's in Egypt. It's called The Valley of the Kings!"
Tom looks at Grandpa's time-travel watch.
"… and we're in the past, 3,350 years ago!" he shouts.
The twins want to find out more.
They run down the hill to the nearest cave.

En la cueva hay muchos dibujos bellísimos.

"¡Son lindos! Mira éstos", dice Sofía.

"¡Schss!" susurra Tom. "Veo a un hombre. Allí."

"Está terminando ese dibujo", dice Sofía.

Se esconden detrás de una enorme caja de piedra.

Después de un rato, el pintor sale.

Tom mira dentro de la caja. Se oye un pequeño ruido.

"¡Oh no!" susurra, pero entonces Sofía dice:

"Escucha, Tom. Oigo música."

In the cave, there are many beautiful paintings.

"Wow! Look at these," says Sophie.

"Ssh!" whispers Tom. "I can see a man. There."

"He's finishing that painting," says Sophie.

They hide behind a big stone box.

After a few moments, the painter leaves.

Tom looks into the box. There is a small sound.

"Oh no!" he whispers, but then Sophie says,

"Listen, Tom. I can hear music."

11

La música es más fuerte. No pueden irse ahora.

Un hombre alto entra en la habitación.

"Yo soy Paneb. ¿Quiénes son ustedes?" pregunta.

Tom abre la boca, pero no habla.

Sofía tiene que pensar rápidamente.

"¡Somos hijos de pintores!" dice.

"Eso es", dice Tom. "¿Podemos quedarnos y mirar?"

Paneb está callado un momento.

"Pueden quedarse", dice con voz fría.

The music is louder. The twins can't leave now.

A tall man walks into the room.

"I am Paneb. Who are you?" he asks.

Tom opens his mouth, but he doesn't speak.

Sophie must think quickly.

"We're the painter's children," she says.

"That's right," says Tom. "Can we stay and watch?"

Paneb is quiet for a moment.

"You can stay," he says, in a cold voice.

Hay mucha gente en la habitación. Hace mucho calor.
La gente canta y llora.
Por fin, Paneb dice: "¡Estamos listos. Traigan al faraón!"
Seis hombres llevan al faraón muerto a la habitación.
Está en un bellísimo ataúd de oro.
Los mellizos lo ven todo.
"¡Es Tutankamón!" le susurra Sofía a Tom.
"¡Es un faraón muy, *muy* famoso!"

There are lots of people in the room. It is very hot.

People are singing and crying.

Finally, Paneb says, "We are ready. Bring the pharaoh!"

Six men carry the dead pharaoh into the room.

He is in a beautiful gold coffin.

The twins watch everything.

"It's Tutankhamen!" Sophie whispers to Tom.

"He's a very, *very* famous pharaoh!"

Una hora más tarde, todos empiezan a marcharse.

Sólo Paneb, Tom y Sofía se quedan en la habitación.

"¡Adiós!" dice Paneb.

"¿Adiós? No entiendo", dice Sofía.

"Ustedes saben demasiado", dice Paneb.

"Tienen que quedarse aquí con el faraón – para siempre."

Paneb se va, y los mellizos oyen un ruido muy fuerte.

Sofía mira a Tom. Su cara está pálida.

16

One hour later, everyone begins to leave.

Only Paneb, Tom and Sophie stay in the room.

"Good-bye!" says Paneb.

"Good-bye? I don't understand," says Sophie.

"You know too much," says Paneb.

"You must stay here with the pharaoh – forever."

Paneb leaves, and the twins hear a very loud noise.

Sophie looks at Tom. His face is pale.

Tom empuja la gran piedra. No hay salida.

"¿Qué hacemos ahora?" dice.

Sofía sonríe. "No te preocupes, Tom. Podemos volver a casa. Tenemos el reloj del tiempo."

Pero Tom no sonríe. "No, no lo tenemos."

"¿Qué quieres decir?" pregunta Sofía.

De repente recuerda las dos palabras de Tom: ¡*Oh no*!

"¡Está ahí!" dice Tom. Y señala la caja de piedra.

Tom pushes the big stone. There is no way out.

"What do we do now?" he says.

Sophie smiles. "Don't worry, Tom. We can go home.
We've got the time-travel watch."

But Tom doesn't smile. "No, we haven't."

"What do you mean?" asks Sophie.

Suddenly she remembers Tom's two words: *Oh no!*

"It's in there!" says Tom. He points at the stone box.

Hay una tapa muy pesada sobre la caja.

"Esto está muy mal", dice Sofía. "Muy mal."

"Tenemos que moverla", dice Tom.

Los mellizos empujan la tapa. Por fin, se mueve.

Tom mete la mano en la caja.

"¡Ya lo tengo!" grita. Entonces mira a Sofía.

"¿Qué botón es *Casa*?"

Sofía recuerda las palabras del abuelito:

"*No está terminada aún…*"

There is a heavy lid on top of the box.

"This is bad," says Sophie. "Very bad."

"We must move it," says Tom.

The twins push the lid. At last, it moves.

Tom puts his hand into the box.

"I have it!" he shouts. Then he looks at Sophie.

"Which is the *Home* button?"

Sophie remembers Grandpa's words:

"*It's not finished yet…*"

Aprietan el botón azul...

¡*Zuum*! Están en una jaula.

Un hombre muy grande los está mirando.

"Los leones tienen mucha hambre hoy", dice.

Empieza a abrir la jaula.

"¡Socorro!" grita Sofía. "Esto es la antigua Roma!

¡Nos va a echar a los leones!

Aprieta otro botón, Tom. ¡Ahora!"

Tom aprieta el botón amarillo...

They press the blue button…

Whoosh! They are in a cage.

A very big man is looking at them.

"The lions are very hungry today," he says.

He begins to open the cage.

"Help!" Sophie shouts, "This is ancient Rome!

He's going to throw us to the lions!

Press another button, Tom. Now!"

Tom presses the yellow button…

23

De repente, los mellizos están en un teatro.
Ahora dos hombres los están mirando.
"¿Quiénes son éstos?" pregunta el hombre mayor.
"¿Son los nuevos Romeo y Julieta?"
"No creo, señor Shakespeare", dice el otro hombre.
Sofía sonríe. "¡Hola! ¿Es usted realmente William
Shakespeare? Es fantástico… ¿Puedo preguntarle…"
"Perdona, Sofía", dice Tom. "Tenemos que irnos."
Y aprieta el botón rojo.

Suddenly the twins are in a theatre.
This time two men are looking at them.
"Who are they?" asks the older man.
"Are they the new Romeo and Juliet?"
"I don't think so, Mr. Shakespeare," says the other man.
Sophie smiles. "Hello! Are you really William
Shakespeare? This is amazing… May I ask you…"
"Sorry, Sophie," says Tom. "We must go."
He presses the red button.

"¿Adónde vamos? Where are we going?"

"¿Adónde vamos?" pregunta Sofía.

Y abre los ojos. "¡Tom, estamos en casa!" grita.

Pero Tom no sonríe. La mira fijamente.

"¿Qué pasa?" pregunta Sofía.

Tom dice despacio: "¿Dónde están tus piernas, Sofía?"

Sofía mira hacia abajo. ¡Sus piernas no están ahí!

"¡Oh no!" grita. "¿Qué me pasa?

¡Ayúdame, Tom! ¡No puedo salir del pasado!"

26

"Where are we going?" Sophie wonders.

She opens her eyes. "Tom, we're home!" she shouts.

But Tom isn't smiling. He's staring at her.

"What's wrong?" asks Sophie.

Tom says quietly, "Where are your legs, Sophie?"

Sophie looks down. Her legs aren't there!

"Oh no!" she cries. "What's happening to me?
Help me, Tom! I can't leave the past!"

"Sofía, tienes una pesadilla", dice Tom.

"¡Despierta! ¡Estamos aquí, en casa del abuelito!"

Sofía abre los ojos despacio. Tom la mira.

"¿Qué quieres decir: *No puedo salir del pasado*?"

Sofía lo mira… entonces mira sus piernas… y por fin
su libro del antiguo Egipto. Sonríe.

"Nada. ¡Qué bien se está aquí!"

"Sophie, you're having a bad dream," says Tom.
"Wake up! We're here – at Grandpa's!"
Sophie opens her eyes slowly. Tom is staring at her.
"What do you mean: *I can't leave the past*?"
Sophie looks at him… then at her legs… and finally at
her book about ancient Egypt. She smiles.
"Nothing. It's good to be here!"

Después de comer, el abuelito muestra su nuevo invento
a Sofía y a Tom: un par de zapatos eléctricos.
"¡Mira! ¡Son fantásticos!" dice Tom.
Sofía coge un viejo cuaderno y lo abre.
"Ah, mis ideas para el futuro", dice el abuelito.
"No puedo hacerlo ahora, pero quizás un día…"
Entonces Sofía lo ve. El reloj del tiempo.
Toca el dibujo en el cuaderno.
"Sí", dice en voz baja. "Quizás un día…"

After lunch, Grandpa shows his new invention
to Sophie and Tom: a pair of electric shoes.
"Wow! These are amazing!" says Tom.
Sophie picks up an old notebook and opens it.
"Ah, my ideas for the future," says Grandpa.
"I can't make them now, but perhaps one day…"
Then Sophie sees it. The time-travel watch.
She touches the picture in the notebook.
 "Yes," she says quietly. "Perhaps one day…"

Quiz

You will need some paper and a pencil.

1 Can you match the words? Find the pairs and write them down.

book	música
time	reloj
painting	**libro**
music	dibujo
watch	tiempo

Adiós.	Amazing!
¡Fantástico!	Yes, please.
Hola.	I'm hungry!
Sí, por favor	Good-bye.
¡Tengo hambre!	Hello.

2 Turn to the pages to find the words. Can you say them in Spanish?

1 (p 17)
2 (p 6)
3 (p 21)
4 (p 27)
5 (p 31)

3 Which word makes a true sentence from the story? Copy and write the true sentences.
1 Oigo *música / leones*.
2 Es un *hombre / faraón* muy famoso.
3 Estamos en casa del *abuelito /de papá*.
4 Aprieta el *reloj / botón*, Tom!